結社論

龍太一

「蟠龍」(はんりょう)

地上にとぐろを巻いていて、まだ天にのぼらない龍。

気骨の一書　―序に代えて

結社とは何か、世襲とは何か、そして季語、季題とは何か。俳句を取り巻く今日的な課題に単刀直入に切り込み、俳句のあるべき姿を探る気骨の一書。

行間から俳句への愛情が限りなく湧き出している。

２０２３年（令和５年）１月

高野ムツオ

巻頭言

俳句は怪物

龍　太一

俳句は途轍もない魔力を持つ怪物です。

たった十七音律しかない怪物が、時には宇宙を、また微細な土中の虫にまで及んで、その係わりを表現できる伸縮自在の魔力を秘めて俳句作家達を翻弄しています。

いま私達俳句作家は、その伸縮自在の怪物に立ち向かって、毎日のようにその格闘の醍醐味を味わう幸甚なる立場にあるのです。

―「俳句」２０２２年１２月号Ｐ１８２
クローズアップ所載　―

目次

序論

この結社論は、特定の個人や団体への言及を目的とした論述ではない。

俳句界全体の問題点としての結社の主宰者の交替時の近親者による「世襲化」と、その延長線上にありいまだ顕在化していない「家元制度化現象」への言及を通して、俳句界および結社の将来像を予め考証していこうとするものである。

筆者は、世襲問題を直ちに悪い傾向であるとは思っていない。

結社の存続の問題は、どこの結社でも重大な節目には必ず起こるであろう喫緊の課題であり、その時、結社の存続がよりよい形で行われることを望んで止まないのである。

また、結社の永続的発展を模索する過程において、結社主宰者の「家元化」的な組織運営の形態を選択する結社があったとしても、それが直ちに阻止すべきものとも思っていない。

しかし、それを検証する時それが俳句という文芸によって有益か、あるいは少しでも有害の要素はないのかで判断されるべきではないかと思う。

日本の文化、芸術などの分野は伝統を守ってきたことで現代社会に受継がれてきたことは今更いうまでもない。

その歴史的過程において世襲制度も家元制度も有効に作用して、文化、芸術の保存と継承のための有益な手段として用いられてきたことも疑いようのない事実である。

「家元」とは『武道や芸道でその流派の正統としての権威をもち、その技芸を守り継承する家、また身分、その人』を指し、室町時代に端を発し、江戸時代に発達した。これを宗家（そうけ）とも呼ぶ。

現代社会においてもなお世襲による家元制度が維持されてきている。

それは、どちらかといえば、これから新しい文化を創造するよりも、従来からあった文化の伝統を後世に残すことに重点が置かれ、そのためにその権威を保持することも重要な要素であったであろう。

その権威づけのために、その血統を優先させてそれを正しく継承させる制度が世襲制であったことも首肯できる。

現在、その家元制度を敷いている代表的な分野には、茶道、華道、歌舞伎、能、狂言などがある。

それがまたいくつかの流派に分岐してそれぞれに家元がいる。

そして、それぞれの分野あるいは流派は世襲継承による家元制度に守られてきたのである。その結果としてその分野での伝統もまた守られてきたのであった。

では、これを俳句の世界に置き換えてみるとき、どんな問題点が浮かんでくるのであろう。

筆者は、結社の世襲制が必ずしも否定されるべきものとは思っていないとすでに言った。そして、家元的組織運営も場合によっては止むを得ないかも知れないとも言った。ただ、それが無条件に俳句の世界に持ち込まれることは直ちには承服できない。

なるほど、俳句の世界にも伝統派も守旧派と目される流れもある。しかし、伝統派と守旧派は全く違う立場にあるであろう。

伝統派を、歴史的な伝統を守り乍ら、時代に即応していく主義とすれば、守旧派は、その伝統からくる昔からの考え方や習慣を守ることに固執して改めることが少ない立場といえよう。

この結社論に於いては俳句界の結社の世襲化とその固定化からくるであろう家元化現象への検証を試みることで、俳句界の伝統の革新とそのあるべき姿を模索していこうとするものである。

俳句に携わる多くの作家たちにとって、作品評価の透明性を確保することは、作家としての正しい立場を確立されるための良薬であり、その評価を競うことは俳句の発展向上のための唯一の処方箋であることに誰も異論を差し挟む者はあるまい。

そのために、俳句作家たちは生涯を懸けて日夜研鑽につとめ、多くの作家たちと切磋琢磨しながら、一つでも多くの作品をおのれの金字塔として残し、俳句冥利に尽きることを以て過客としてこの世を旅立っていくのであろう。

この論考においては、その俳句の評価にも言及して、世襲化、家元化現象が俳句の評価に及ぼすかも知れない影響についても考証してみたい。

ただ一つここで断定的に言えることがあれば、それは世襲化にしろ家元化にしろ、それが閉鎖的な、ただ結社の経費と運営の維持のための会費の取り込み、つなぎ止めることだけを目的としてなされてはならないこと、そして、「座」の文芸である俳句の本義を損なうものであってはならないということだけである。

そして、伝統派も守旧派もなく、俳句界は可能な限り結束して「座」の文芸である俳句の原点に立ち戻って、いまこそ、この俳句界の現況へ目を向けていくことが肝要であることに気づいてくれるであろうことを信じてこの論考をすすめていきたい。

箴　言（一）

慢心はいかなる才能も殺す。もって自戒としたい。（俳壇老化・中堅に責任）
飯田龍太全集８巻俳論・俳話Ⅱ　Ｐ８４

第一章

俳句結社の乱立と世襲制への懸念
―その家元化現象への警鐘―

広く俳壇を俯瞰してみると、なんと、俳句結社（誌）の多いことか。その数およそ六百誌に迫るであろう。

その多くの結社の中で、一世一代にて主宰者の死去または引退により終刊を迎える結社もあるにはあるが、その多くは、主宰者の交代だけで誌名はそのまま存続する結社もあれば、新しい主宰者のもとに再結集して、誌名を変えて継続する結社もある。

その中で、特に注目すべきことは、結社の存続が世襲によって行われる場合がかなりの数にのぼるように思われることである。

大結社でみてみれば、特に目を引くのが、ホトトギス直系の各結社である。

「ホトトギス」は、高浜虚子→高浜年尾→稲畑汀子（年尾の子女）→稲畑廣太郎。

「玉藻」は、星野立子（虚子の子女）↓星野椿↓星野高士。「花鳥」は、初代こそ伊藤柏翠乍ら↓坊城中子（年尾の子女）↓坊城俊樹。ホトトギス、玉藻、花鳥の現主宰者は三人共虚子の曾孫に当たる。

このほかにも「馬酔木」は水原秋桜子の子女、徳田千鶴子が継承。

以上はみな、血縁関係による世襲である。これに類したことは、あらためて調査するまでもなく、かなり多数に上ることは当然予想される。

そんな中、２０２２年６月号の「俳句」誌創刊70周年記念号の年譜を辿っている中に「雲母」終刊に触れた記事がある。

雲母は、飯田蛇笏から飯田龍太に世襲された結社であった。

飯田龍太は、「雲母の終刊について」において、「俳句誌の異常な増加に加え、一方に主宰者交代と近親者による世襲が数多く、しかもそのことが易々と行われるようになった。」「特に安易な継承は、俳句の質の向上を望むとき、好ましい流行ではないことは云うまでもありません」と書き、自身の雲母継承についても、その風潮に対しての責任を感じていることを付け加えている。

筆者は、その結社の継承が世襲になっていること自体は責められるべきものとは思っていない。

俳句結社が発足し、それを足場にして、各人が俳句の創作活動を継続していれば、その結社に何事かあったとき、その存続を望むことは、その集団の当然の帰結であり、その喫緊のとき、前主宰者の血を引き、しかも、その素質を受け継いで俳句結社の中でも特に優れた作家がその跡を継ぐことには、たとえそれが世襲であっても当然理解されるであろう。

まさに「雲母」におけるそれはこれに該当すると思われる。

そうすることで優秀な作家集団である結社がそのまま存続していくことは俳句の将来にとっても有益なことはいうまでもない。

ときに、文学的素養は血統的に受けつがれていくことが多いことを考慮すれば、むしろ世襲は歓迎されてもよいくらいであろう。

しかし、これが、安易に固定化された概念として定着してしまうことになると、それは新たな懸念の材料になっていくのである。

これは、何も世襲だけの問題ではない。ただその中で「世襲制」（世襲が制度として定着していくこと）がこの懸念の大部分を占めていくことであろうことは当然予想できるのである。

そして、この世襲制度の定着化が、結果として結社主宰者の「家元化」現象へと必然的にその道を開く前提条件になっていくことには、重大な懸念材料として警鐘を鳴らしたい。

箴　言（二）

最短詩である俳句はもともと矛盾に満ちた詩です。語らないことで語ろうとする詩だからです。まず、自分の思いを断念する。一回断ち切ることから出発します。しかし、断念の先に、実は幾千万語に劣らない言葉の世界が隠されています。（中略）俳句の力は磁石の世界に喩えられます。（中略）無限に広がる砂鉄の上に置かれた強力な磁石です。その置き方一つで、無数の砂鉄が千変万化するのです。磁石と砂鉄の交響にこそ俳句の命が宿るのです。

高野ムツオ著「語り継ぐいのちの俳句」Ｐ１１８

第二章

家元制度と師系重視の風潮

現在、日本には「家元制度」というものがある。茶道、華道、舞踊、歌舞伎、能、狂言などがその家元制度の代表的なものとして挙げられる。

筆者は、この家元制度によって、それぞれの文化が継承されていくことも大切であると考えている。

こうした風習があったればこそ、各々の文化・芸能・芸術がその時代、時代の危機に直面しても滅びることなく、連綿とその命脈を保ち、文化の保存にも貢献して現代に至っている事実は否定できまい。

しかし、これが俳句の世界だったとしたらどうであろう。

その昔、ホトトギスが俳壇そのものであった時代、ひとり虚子そのものが俳句の評価の物差であった。

かの虚子は「選は創作なり」とまで言ってのけた。

この虚子の言葉は、虚子の選を経た俳句作品は、すべて虚子の創作であるとの強烈な虚子の自負心の表れから出た言葉であろう。

虚子はその強烈な自負心と、虚子一人が、抽ん出た俳句界の権化にして、その才能を誇ることを信条として「ホトトギス」の選句に身を捧げた。

虚子は大正期の原石鼎や前田普羅、飯田蛇笏、昭和に至ると、四Sと言われた秋桜子、誓子、青畝、素十や、中村草田男などに代表される若く秀れた現代俳句の巨頭たちを世に輩出せしめ、今日の俳壇の隆盛の基盤を築きつつ、幾多の名句を「選は創作なり」の理念を以て俳壇に屹立させた。

そのことは、これを一歩推し進めて考えれば、虚子の「選は創作なり」の理念は、ひとり作品のみならず、その選を受けた多くの作家たちは虚子によって創作されたようなものであったということもいえよう。

その多くの「虚子に創作（創出）」された作家たちは、そののち、独立して自分の結社を結成して、現代の多くの結社の殆どが、その系列の派生から生じて現代に至っていることを考えれば、現代に於ける結社は、とどのつまり、すべてホトトギス系といっても過言ではなかろう。

虚子はまさに俳句界の「家元」のようなものであったともいうことができる。

では、現代に於ける結社の現状を角川版「俳句年鑑2022」によって俯瞰してみることにする。

どこの結社の名称にも、それに付随して必ず掲げられているものが、その結社の「系譜・系統」であることに誰しも気付くであろう。

それは、つまり俳壇に於いて重んじられているものが、系譜、系統つまり師系であることを意味する。

そして、総合俳句誌に作品を発表する作家には、必ず所属結社が表示されている。

その中には、もちろん結社に所属していない作家もいることにはいるが、それは極めて少数でしかない。

そして、多くの作家たちはその師系によって評価される一面もあるのではなかろうか。

このように多くの作家たちには、どこまでも師系がつきまとっており、師系ぬきでその作家がみられることは殆どないといっても過言ではないのである。

しかし、一部の秀れた作家たちは、そうした風潮をものともせず、自己の俳句を追及していく過程で、自己の才能を発掘してくれ、その作品を世に広めてくれる結社を探し求めて、結社を渡り歩く者もあり、その場合に常々堂々とそのことを公表して活動する作家たちがいることも事実である。

しかし、これを一方からみれば、結社を渡り歩く者は、節操がなく、師系を軽んじる者としか見ない風潮があることも、また仄聞できるのである。

そうしたことは、長い結社歴を誇り、伝統を重んじる傾向の強い結社に多くみられることであるような気もする。もし、結社を渡り歩く者が、そうした結社に入門したところで、おそらく冷遇されたままで終わってしまうであろうことは容易に想像できるのである。

古い結社ほど閉鎖的な封建的な雰囲気を内包しているような気がするからである。

箴言（三）

俳句のことで最初に言われたのは選者の立場になったときには俳句だけで付き合うようにしなさいということ。ほかのことで親しくなってしまうと情が移ってだめだ。（龍太語録）

―蛇笏と龍太―山廬追想、山梨日日新聞社編―

有泉七種「俳句に生涯を」P187

第三章

「座」の文芸としての俳句の認識

俳句は元来「座」の文芸として認知されている。俳句のもともとの形態は連句から出発している。連句のことについては、ここでは深入りしないが、その形態は言葉遊びのようなものであったと筆者は理解している。

その連句からの独立した表現法こそ俳句の出発点であった。

その俳句の世界では、世間的な身分差もなく、年齢差もなく、老若男女が一堂に会して、平等に作品を評価しあう連衆の文芸として、江戸時代から綿々と続けられ、俳聖ともいわれる松尾芭蕉一門の出現によっていよいよ俳句としての骨格が整えられ、さらに明治大正期に於ける俳誌「ホトトギス」創刊によって、写生による俳句を指導した正岡子規の俳句革新の過程を踏み、途中、子規俳句を継承した高浜虚子と対立した子規の高弟、河東碧梧桐の定型・季語を離れた新傾向俳句運動（のち萩原井泉水による自由律俳句誌「層雲」を生み現在に至る）があったものの「ホトトギス」を拠点とした虚子の確立した現代俳句が俳句界の主流となって現代に至ることになるのである。

この体質を痛烈に批判した桑原武夫の「第二芸術論」に対して、虚子は「俳句が芸術として認知された」と平然と言ってのけ、俳句そのものが揺らぐことは決してなかったのである。

しかし、「座」の文芸である俳句の世界も徐々に変質しつつある。

大結社の俳句大会などを俯瞰すると、全部とまでは言わないが、本来誰でも選句に参加できた俳句会が、その結社の同人以上にのみ選句に参加することが許され、一般投句者はその選句から締め出され、ただ作品の選を受けるのみに限定されている実態が浮かび上がってくるのである。そのことによって、本来、身分差のなかった俳句の世界に格差が生じてくることになったのである。よって、本来身分差もなく自由で展かれていた俳句の世界は変貌していくことになる。

俳句結社が、主宰とその取り巻きの同人によって支配されていく過程は当然のように継続されていくことになる。そこに昔年の「座」の文芸である俳句は既に消え去っているのである。俳句の世界に特権階級が生まれ、次第にその特権意識は強まってくることになるのは当然の帰結であろう。

さきにも述べたようにこれが全部であるとはいわない。「座」の文芸の伝統を守りつつ、指導者としての主宰、同人制は敷きつつも、句会に於いては、一切の身分差、年齢差、俳句歴の長さなどの格差もなく平等に選句しあう、本来の俳句会を相変わらず運営している結社もあるであろう。

しかしである。一旦生まれてきた大結社による特権階級の誕生は、これが崩れていくことは考えにくい。否むしろこれは強化されていくであろうことは、おおかたの歴史の推移からみても自然の流れなのである。

そして、それは大結社に限らず、他の結社にも波及し、浸透していくであろう。

では、何故そうなるのであろうか。

その答えはこうである。

本来、「座」の文芸である俳句の世界が崩れ、先述のように一般会員が選句から締め出されれば、いきおい、同人の権威は高まり、その同人達を束ねる主宰者の権威はさらにその上に否が応もなく当然高まることになる。つまり主宰ひとりにその結社の俳句は収斂されていくことで次第にその結社の俳句は主宰に追随する俳句の方向性のみ強まることになり、俳句への幅広い見識は徐々に失われかねないことになっていくであろう。

さきに述べた、特権階級が崩れていくことは考えにくく、これは歴史の推移からみても自然の流れであるとの見解を示したが、およそ歴史の転換期には「権利」の争奪戦が繰り広げられ、革命とは、旧来の権力によって守られてきた特権階級の追放が主たる目的であったが、皮肉にも「座」の文芸によって培われてきた俳句作家たちは、みな、おおかたは従順にして「座」の文芸であるからこそ重んじられてきた礼儀を身に具えていることからも、こうした傾向を敢えて覆す行動をとることなど考えられないということなのである。
かくして主宰者は、その結社の君臨者の立場を強固にしていくことになるのである。

箴　言（四）

もとより俳句のような特殊な詩型の文芸は、ある程度年期を積まぬと、作品の真贋は見抜けぬものであるが、年期さえかければおのずから選句眼が肥えるものと考えるのは、たいへんな誤解である。いかに年期をかけても、好奇心が磨り減ってしまってはなんにもならない。好奇心の有無は選者の決定的な要件である。（中略）おのれの守備範囲に入る作品だけを良しとしていては、新しいものは何ひとつ生まれないだろう。（中略）どの世界でも空疎な権威はつねに進歩を阻む。（選ということ）

飯田龍太著「遠い日のこと」P100
—角川書店刊（平成9年6月20日）—

第四章

俳句の命脈と家元制度

第三章で述べてきたことは、これはこれで一方ではもしかしたらその結社の俳句が高められ俳句界の中で一定の権威ある俳句集団の形成に役立つかも知れない。しかし、これを長い目でみたとき、その傾向は決して首肯できるものではなかろう。

結社の中で異なった主張が、その結社の体裁を保ちつつも対立しあい、また共鳴していくことこそ、俳句の命脈はより太いものになっていくと筆者は考えているのである。

同人制を敷いている結社にはその相応の理由がある。結社の維持、運営の責任を主宰ひとりに委ねるのは、主宰としての作家の在り方から考えても酷というものであろう。

同人制を敷き、その助けを借り乍ら結社の運営をつづけ、また、会員の指導も一定程度分担しあう体制も当然必要であろう。

しかし、「座」の文芸であった俳句界の変質による同人達の権威が徒らに高まることになることには疑問を呈せざるを得ないのである。さきに主宰者がその結社の君臨者となるといった。その権威を高める同人達の権威もさきにいうように高まってくる。

然るにその同人達はすべて主宰の個人による指名、推挙により格付けされる。

これは筆者の寡聞による認識不足かも知れない。もし、新同人を推挙するに当って協議制をとっている結社はいまだ聞いたことがないのである。

もし、そのような結社があるとしたら、是非ともご教示願いたいほどである。

俳句の命脈が保たれるためには、本来「座」の文芸である俳句の原点に立ち帰り、俳句の世界に権威主義がはびこることなく、その権威は人ではなく、すべて作品の価値にのみあることを再確認する必要があるであろう。

以上のように本来「座」の文芸であるべき俳句の世界に権威という格差が持ち込まれる傾向はすぐさま俳壇全体に拡散していくであろう。

俳句作家達が自己の作品に権威を求めることは当然であろう。作品を高く評価されることを望まない者は真の俳句作家とはいえまい。

ただ単に趣味程度にて俳句を楽しむ者がその低辺にいてもいい。

しかし、真摯におのが俳句を求め、生涯を懸けてまで俳句に殉じる覚悟を固めている作家たちは、懸命に彫心鏤骨につとめ、生涯の一句を求めて日夜研鑽を重ねているに違いないのである。

その結果ついてくるものが同人の立場であり主宰という俳句作家たちの求める権威なのである。

そして、その権威は、その作家が精進努力も怠ることなく真の作家である誇りを捨て去らない限り終生保ちつづけられるに違いない。

しかし、その反面、その地位・立場に就いたあかつきには、日夜「先生、先生」と奉られ、それは指導者であるから周囲からみれば当然のことで別に責められる筋合いのものではないが、また、当然の礼儀でもあろうから首肯できるが、本人が次第にその座にあることに慣れしたしむにつれ、また、その多忙さと、本人がそれと気付かない感性の鈍化や作句力の低下、詩性の衰えからくる共感能力の損耗によっておこるであろう選句力の喪失など種々挙げられるであろう理由から、当初それ相応に堅持してきた初心を貫くことが困難になり、惰性的に作品を作り、その作品を発表したところ、いままで培ってきた実力があるであろうとの先入観（俳句にはこの先入観は重要でありそのために評者は深読みをしてくれる）に基く評価にその作品が傷つくことなく過ぎていく日々を送っていくであろうことは当然予測の範囲内である。

それをまことに失礼に当たる言葉で表現すれば、いわゆる「胡座をかく」という言葉が妥当であろう。

また、そこまではいかないものの、一旦得たその立場、これを結社の主宰者と位置づければ、その地位を維持していくことには大変な気苦労もあり、また結社の維持への経済的負担を含む経営上、運営上の負担にその神経を注いでいかなければその手腕を問われかねない事態に直面することはどうしても避け難いところであろうことは当然予測ができるのである。

そこで考えつくことが、意識的であろうがなかろうが、結社の維持運営への安定した在り方をどうしたらよいものか、そのカンフル剤的な答えが結社の「家元制度化」ではなかろうか。

既に筆者は虚子の発展させたホトトギスが、現在の俳壇の源流をなすようなものであることからこれを比喩的に「俳壇の家元」のようなものと表現した。

家元制度が、古くから伝承されてきた伝統芸能を守ることに大いに寄与してきたことは疑いようもない事実である。ただこれが直ちに俳句の世界に持ち込まれることには明確に反対しなければならないのである。俳句にも確かに伝統はある。子規によって現代俳句として誕生したといってもいい俳句は、伝統を大切にしながらも、その時代、時代の社会の変遷と発展と共にその表現形式も多様化し、一見分裂しているようにも見えながらもそれらを全部包括して俳句の大河は休むことなく現代から将来に向かって、流域を保ちつつ流れつづけていくのであろう。

そこが決定的に、従来家元制度をとってきた諸芸の世界とは違うところなのである。

俳句は言語表現の文芸である。そこでいうところの伝統とは、その伝統を受け継ぎながらも、時代時代、歴史の変遷とともに生々流転しながら、古い老廃物を捨て、新しい細胞を誕生させていく人体のように、その生命を維持していくのである。そして、そのことこそ文芸本来の目的に根ざしたものであるべきではないか。

文学というものには、そもそも伝統などという考え方はなかったと筆者は承知している。

これをあえて表現すれば、古典文学、時代文学、近代文学、現代文学などといわれてきたのであって、伝統文学などというものは始めから存在していないのである。

俳句は、広義に分類すれば文学の一分野なのである。ただ極端に短いということから「文芸」と言われるのかも知れないが、その目指している表現の目的は俳句を文学と位置付けることに何ら憚るところはないのである。その文学の一分野である俳句の世界に家元制度が持ち込まれることなどまさに言語道断のことといわなければならないであろう。

俳句の世界に家元制度が持ち込まれることには断固反対の声を挙げなければならない所以は以上のことからも明らかなのである。

俳句はなんといわれようともあくまでも文学なのであ

る。

俳句を文芸という形態として文学とは区別してあたかも文学とは一線を画した、文学から一歩下がったような存在と位置付けてきた従来の考え方も、あるいはそこに伝統という言葉が存在していたからなのではないかと疑ってもみたくなるのである。

確かに俳句を低辺から眺めてみれば、そこには結社が存在し、師弟関係が大切にされ、おまけに師系までも重んじられてきた経緯を辿れば他の文学といわれてきた分野とは一見馴染まぬものが感じられるであろう。

しかし、それは俳句の世界を低辺から支えてきた便宜上の機能にしか過ぎないものとも捉えることができるのであるが、これを以て俳句は文学ではないとまではいい切ることはできないのである。

なるほど、その低辺から生まれてきた作品だけをみればこれを文学とまでは言えないものもあるかも知れない。だが、しかし、その文学とまでは言えない数知れないほどの作品の中から忽然と浮かび上がってくる俳句作家の目指す表現世界は、決して他の分野の文学に引けをとるどころか時にはそれを凌ぐ力を持って文化の振興に貢献していると鑑みることに何の不都合もないであろう。

俳文学界という分野がある。これは、歴史的な俳句の文献や、歴史的な俳人の業績などを発掘、分析する学問であると、筆者の取るに足りない認識から承知しているが、では何故、俳文学という呼称を以て文学とするなら、俳句は文学と位置付けられることなく、文芸という呼称しか授けてこられなかったのであろうか、歴史的にもこれは正しいのかも知れない。

しかし現代は、もはやそのような歴史上の時代ではないのである。

現代俳句は立派に文学と呼ばれるに適しい実績を挙げてきたといえば、おおかたは頷かざるを得まい。

俳句を態々「文芸」といってきたことにはそれなりの歴史的な理由があったであろう。

しかし、時代はすでにその古い時代を完全に脱却しているのである。蛇は皮を脱がなければ成長できないことは、俳句作家ならずとも多くが知ることである。また脱皮を重ねながら成長していく甲殻類のような生物がいることもよく知られている。

俳句の世界も、これに倣ってそろそろ脱皮すべき時がすぐそこに来ているのである。

それは、「文芸」という古い殻を脱ぎ捨て、「文学」という姿になってこそ、その成長が期待できるということなのである。

要するにこれは俳句作家たちの意識の問題なのである。今こそ意識革命のときなのである。いつまでも「文芸」などという意識のもとに居れば俳句とて発展したくてもおよそ発展できまい。

俳句は文学であると高らかに宣言しその立場から作品を提供しようとする意識をつねに保持して懸命に研鑽につとめ、刻苦精励を怠ることなく前進すれば俳句を文学として受け止める文化は否が応にも高まるであろうことは、筆者なんぞが唱えるまでもなかろう。

斯くして俳句は文学として現代に改めて産声を挙げ、すでに赤子の時代を脱して成長しつづけることになっているのである。ここでいま一度言う。

決して、俳句の世界に家元制度のような、ただ伝統を守ってきた（異論もあろう）形態を持ち込ませてはならないのである。

それが持ち込まれてくることは〝俳句の死〟をも意味することを肝に銘じていかなければならないのである。

筆者は現代の俳句の世界の大海に一石を投じるため、また、その眠りを覚醒せしめんがための一針を鋭意その心臓部に刺すことを目的としてここにその論述を敢えて展開してみせたのである。

そして筆者のこの論述がのちの世からみて全くの的外れな言論であったこと、更に斯界からみて、何の根拠ももたない杞憂に過ぎない見当違いの見解であったということになれば、それはそれでまたいささか喜ばしいことでもあると思っているのである。

最終的には、筆者のこの懸念など全く是とすることなく、俳句の世界が文学として健全に発展していくならばこれに勝る幸甚なることはないのである。

筆者のこの論述の背景には、一方では全くそのような危惧は存在しないことを心底から望んでおり、筆者のこの懸念が始めから払拭されたただの戯言に終ることを期待する相反する心情も同時に存在していることだけは、ここに吐露させていただくことを以て本章を締め括ることにしたい。

第四章

第五章

季語の形骸化と季題化の擡頭

「季題」は明治41年頃碧梧桐らによって、「季語」は同じ明治41年大須賀乙字によって初めて使われたというのが通説であるのだが、結社の系列化が進む中で、現代では特に「伝統」を標榜する系統の結社に於いて「季題」という言葉が一方的に片寄って盛んに使われるようになってきたように見受けられる。「季語」という呼び方がいつの間にか「季題」というように一方的に呼び馴わされていく事態を果たして正岡子規は予測していただろうか。

「季語」というものはここであらためていうまでもなく、その言葉どおり、その季節、季感を表わすことばとして、個々の発想とその表現を普遍化して他者に伝える枢要なことばとして、ひとり俳句のみならず広く日本の文化全般に定着してきた歴史的経緯があり、俳句は、季語の概念によって普遍的に受け容れられてきた重要なる、いわば俳句の心臓のような役割を担ってきた言語である。

それに対して、「季題」もまた同じ頃から用いられてきた概念であるのだが、筆者の狭量な知見からかも知れないが、一般的な見解として俳句会に於いて事前に提示される季語として、その参加者の俳句上達のため、あるいは訓練の道具としての役割を担ってきたものと解することが妥当であろう。

現代でも、多くの俳句大会では、季語の代わりにある漢字や事柄を示す言語を予め出題しそれを俳句の中は詠み込む「題詠」の募集をしていることが多い。

この「題詠」もまた、従来からの俳句会のなごりとして、「季題」に代わるものとして、俳句大会において、投句者の力量を計る目的のために設定、採用されてきた方法であると考えられる。

しかし、どんな場合でも、俳句は多くの場合「季語」を以て俳句として成り立ってきたのである。

俳句は、無季俳句ならいざ知らず本来「季語」を詠み込む短詩である。そこに詠み込まれた季語はその役割を以て俳句に普遍性をもたらすことになる。

「季題」というとき、これを広義に解釈すれば、一見季語とそう違うように感じられないかも知れないが、よくよく吟味してみるとそこには決定的な違いがあることがみて取れよう。

筆者は「季語」という言葉の概念が「季題」という概念にいつの間にか置き換えられることにはどうしても釈然としないのである。

「季題」とは季語そのものを詠むことになりがちで、いきおいその俳句は狭量になりがちになることは否定できない。

現代に於ける季語の役割は象徴的に使用されていくことがその趨勢ではなかろうか。

その象徴的役割を以て、現代俳句はより幅広い世界を表現できる十七音詩として、言語の斯界に受け容れられることによって発展していく可能性がより増していくのではなかろうか。

然るに「季題」というときそれは俳句にどのように作用するのであろうか。

ここに「季題趣味」という言い方もある。季題とは、句会などで俳句を作る詠題として出された季語のことを指すことは既に述べた。そしてそれは俳句上達の方法論であることも述べた。もし、季題が方法論であるならばそれは単なる方法論の域を出ない。こうした考え方からは、季語を象徴的言語とする意識は当然薄らいでいくであろう。

俳句を芸ごと乃至は習いごととする風潮も一部にはあるだろう。

こうした向きが、当然重視されなければならない本来の意趣から逸脱して「季語」を軽視して「季題」という観点から俳句を詠むことになったとすれば、それは所詮遊びの域を出ないであろう。

しかし、そのような俳句を単なる芸ごと乃至は習いごととする風潮を全面的に否定することはもちろんあってはならない。

俳句の大衆化がさかんに叫ばれるようになって久しい。その「大衆化」こそ、まぎれもなく俳句の世界を底辺から支えてきた、一方の力であったことも否定はできないのである。

そのような観点からみれば、俳句を底辺から支えてきた一方の力が、俳句を単なる芸ごと乃至は習いごととする風潮であったとしても、これを徒らに排斥してはならないのである。

それは、俳句が好きであるという最も大切な要素への否定につながるからである。志があろうとなかろうと、俳句が好きであるということが、この俳句の世界にかかわっていく者の先ず必要な要素であろう。

「好きこそものの上手なれ」ということが一般的にいわれることがある。

このような人もまた、俳句を底辺から支えており、そのような人々があってこそ、俳句の世界も隆盛を極めてきたのである。

箴　言（五）

永年俳句を作っていると季語を知り尽くしているつもりになり、自身の思い込みに気がつかないことがある。だが、何の疑いもなく使っている季語でも、時々歳時記や辞書で確認したいものである。（季語細考）

片山由美子著「季語を知る」Ｐ５４

―角川選書６２２―

箴　言（六）

季語とは何かといえば、季節の事物によって世界を認識するという、ひとつの思想である。（季語の分類）
片山由美子著「季語を知る」Ｐ２１８
―角川選書６２２―

箴言（七）

季語が思想だといったのは、季語の中心にはつねに人間がいるからである。（季語の視点）
片山由美子著「季語を知る」Ｐ２２１
―角川選書６２２―

箴　言（八）

虚子の季題説は、自然現象を表現契機の素材として、あらかじめ限定することから成り立つものである。その限定は、事象の季感を詠うという俳句の固有性を一段と明確化することにつながった。（中略）しかし、この限定は同時に俳句の他の可能性を閉じてしまう危険性をも伴っていたことを否定するわけにはいかない。

高野ムツオ著「語り継ぐいのちの俳句」Ｐ７９

第六章

「季語は俳句の公器である」ということ

第六章

第五章に於いては、季語を季題と言い換えることへの是非と問題点を論求してみた。そして、その「季題」という言語表現への危惧にも触れてみた。また、季題という言語表現が、俳句に於ける季語の象徴的役割への阻害要因にもなりかねないことも指摘させていただいた。以上の論点を踏まえ乍ら、更に筆者に残る疑問点への論究も進めることにする。

ある特定の、ことさらに伝統を標榜する結社系に於いて「季語」を「季題」と言い換える風潮が強まり、これはすでに無視できない域にまで達しているといってもよいであろう。では何故、そうした結社に於いては「季語」を「季題」という言語表現に言い換えて広く喧伝しなければならないのであろうか。

俳句に於いて、「季語」を敢えて「季題」という言葉に置き換え、あたかも季語の役割を過小評価して、季語を単なる俳句づくりの道具の地位に堕さしめる行為は、俳句の将来性を著しく損なうことにもなりかねないであろう。

俳句は季語という概念を得てはじめて俳句たり得ることになったのである。いま一度声高らかに喧伝する必要がある。

季語は俳句の心臓の役割を担い、俳句に生命をもたらす血液を送り出し乍ら、その機能性を以て俳句に力強い鼓動の響きを伝えることで、俳句を俳句たらしめるのである。

つまり季語のその役割は、単なる一片の言語表現の形態にしか過ぎない個々人の言葉の世界にいきいきと作用して、俳句にとって最も枢要なる機能である「普遍性」という概念を獲得することを意味する。

そして、その力強い鼓動の響きが十七音律詩の中に内蔵されることで詩歌としての脈動がそこに生み出されれ、詩歌文学としての俳句を完成させるのである。

季語のもつその力には、俳句を俳句たらしめるこれ以上ない機能を有しているのであるからこそ、決して季語を俳句づくりの道具の地位に堕さしめてはならないのである。

季語を詩歌表現の媒体として機能させるためには、先人たちの弛みない知恵の歴史の積み重ねがあったと考えることが妥当ではなかろうか。つまり季語こそ俳句の歴史そのものなのである。

その「季語」を簡単に「季題」という語句に置き換えることなど、まさに俳句への冒涜行為であるといっても過言ではないであろう。いまここで再度季語に対する考え方をあらためて問い直さなければならないのである。

俳句は季語という言語機能があってこそ、はじめて十七音表現の枠から、広大な宇宙をも含む人類の表現法を確立してきた。そこにこそ、世界最短詩型にして最大世界を内包できる日本独特の言語表現の醍醐味があるのである。

その俳句の醍醐味の真骨頂ともいうべき言葉をここに提起しておきたい。

それは、季語こそ、いわば俳句の「公器」なのであるということ。

その公器を俳句に内部から携わるものがなし崩しにすることは俳句誕生への歴史的経緯を軽視することにもなってしまうのである。

季語は俳句の「公器」であるから私的もしくは恣意的思惑にてこれを左右することは許されないであろう。

俳句の十七音詩の世界を律するものが季語であり、これを「季題」という言語に置き換えて表現していくことは季語の役割の矮小化を図ることであると気づくべきであろう。

いま一度力強く言おう。

「季語は日本人が鋭敏な季節感により歴史的に培ってきた世界的にも稀有にして極めて貴重な言語の社会の共有の財産ともいうべき俳句の公器なのである」。

第七章

教条主義と俳句の心臓である季語への考証

俳句には「季語」と「季題」のもつ、それぞれの側面があることはすでに述べた。

そして、そのことは俳句の存在意義のそれぞれの一端の役割を担うことも述べた。その一方の役割を「季題」が担うことがあっても、それはそれで一定限度認めていかなければならないであろう。

しかし「季題」という言語にその限られる一定の役割があることを認めることがあっても、なおかつ、筆者には疑問がのこる。

何故「季語」を「季題」という言語表現に言い換えて広く喧伝しなければならないのであろうか、その目的は那辺にあるのであろうか、次々にその疑問は波紋の広がりのように拡大してくるのである。

「季語」という言語作用でなく「季題」という言語を主

流として推し進めてそれを結社の命題のように位置付けていくことは、筆者にはその結社のセクショナリズムのように聞こえてならないのである。

何ごとにも信条というものは重要な要素であり、信条なきところに社会の土台は成り立ち得ない。

これがたとえば、政治信条であっても同じこと。政治は信条と信条の闘いの調整作用のために為される機能として存在する。

これを一方的に主張することがすなわち教条主義であると筆者は考えるのである。

因みに「教条主義」を辞典にて確認してみると、

「事実を無視して、原理・原則を杓子定規に適用する態度。ドクマティズム＝（三省堂版、大辞林第二版Ｐ６５２）」とある。

これを俳句に当て嵌めると、事実を無視することは、季語本来の作用と機能を軽んじて、その俳句の心臓の役目を低く評価していく主義のように聞こえてくる。

そして、季語を季題と呼び換えることで起こるであろう俳句の病理現象を当事者たちが全く理解していないか、あるいは気づいていないか、もしくは気づいてはいるがある目的のために敢えて知らぬふりをしているところにこの教条主義とも言うべき病理現象の深刻さがあるのである。

人間の身体でも心臓の病理は本人の気づかないうちに突然発症して突発的に死を招くことがある。

俳句は、その心臓の働きに匹敵する季語の役割を敢えて無視するかあるいは軽視して、「季題」などという言葉に誤魔化されていけば、やがて俳句は機能不全に陥りかねない危険性が増すことになるのではないか、況してや、長い間、季題、季題と唱えられていれば、そこに所属している作家たちの意識も次第に「季題」という言葉を使う指導者の魔術に掛けられ、季語の持つ本来の機能にもその意義に対しても、次第にその意識が希薄になっていくのではなかろうか。

その結果はどうなっていくのであろうか、これを筆者はこのように見るのである。

これは、悪い意味に於ける高野素十的俳句への回帰のようにみえてくるのである。

これでは、高野素十もたまったものではない。おそらく高野素十もかの世で枕を高くして寝ていられないのではなかろうか。

筆者は悪い意味でとはいっているが、高野素十的俳句そのものが悪いとは一言も云ってはいない。

泉下の高野素十にはここに於いて引き合いに出してしまったことは心からお詫び申し上げる。

その上で敢えて申し上げる。

初心者かあるいはまだ修練中の者が、季題の俳句を提唱されれば人々はどうしてもその季題を詠むことに集中しがちになり、季語そのものを詠むことになるから、短い俳句の器の中に他の要素を取り入れて詠む余裕は当然なくなり、その俳句は当然狭量になってしまう恐れが生じてしまう。

また、そういう俳句が、その教条主義の中で指導者である選者から推賞されれば、他の者はこれに追随していく現象が起こってくるのは当然のことで、どうしてもそこで作られる俳句は段々痩せ細っていくことになる。

そのようになってくるとこれはまた次の現象を引き起こ

してくるのである。

これは伝統俳句、特にホトトギス系を日頃から標榜している結社の会員から比較的多く漏れ聞こえてくる言葉である。

俳人協会、現代俳句協会の区別なく、現在、現代俳句の旗手と目される多くの作家たちの俳句を読んだときに、こうした、教条主義に培われた会員作家（作家は俳句の場合すぐさま読者である）たちは、異口同音に、「難しくてよく分からない」と言ってのけるのである。その言葉には教条主義に加え、ある種のセクト主義（主に左翼運動における党派間で、他の党派を排除しようとする傾向についていう。セクショナリズム）さえ感受することがあるほどである。

筆者もそのようなことに遭遇したことが実際にあったの

である。

そのときには、筆者自身は、俳句には、伝統系を含めて多くの結社があるが、元をただせばみんなホトトギス系であると説き、また、本人の作品についても、充分にその評価されるべき作品であることも称え、私自身はその作品も含めて、最初から自己の主義主張を押しつけることなく、いい作品は平等に称えられるべきであると説明して納得していただいて俳縁を維持したことが何度かあったのである。そのときにもそのセクト主義に、ひそかに違和感を持ったことも事実である。しかし、そのセクト主義に本人たちは気づいていないようであったことも問題であると思ったものである。

もちろん、その際にはセクト主義についてはこちらから指摘することはなかった。

そういえば、そのときこうも云われたのである。

筆者から贈られてくる書物や雑誌などの俳句関係の文書（もんじょ）につき、「もうこの種のものは送らないで下さい。どうせ、私には分からないし、私はホトトギス系で伝統俳句協会系ですから」と言われたのである。

ふだん所属結社のことや協会のことには問われることがあれば、答えることはあっても、みずからそれを言い出すほうが少ないか、もしくは稀であろう。

そのあたりにもセクト主義が浸透している節を窺い知ることが出来るのである。

現代俳句の世界に於いて、真摯に俳句の将来像を求めて、季語を大切にし乍ら、俳句を単なる五・七・五の十七文字の媒体として捉えるのではなく、これを十七音律の言語表現として、そのリズム・音感・内実を含めて読める文学、あるいはこれは文芸でも別段構わないが、これを詩文の世界の一表現形態として位置付けるために日夜必死に研鑽につとめている現代俳句の旗手たちがいることは前に少しだけ触れた。

その旗手達の俳句が分からないと言ってのける人たちには、俳句の読み手側に立った場合、ある一定の責任があるであろう。

常に平板な季題俳句に慣れ親しんできた俳句作家たちには、いざ読み手側に立った時俳句を読み解く能力が培われてこなかったであろうと筆者は推量するのである。

俳句を読み解く力は、その作品を作る力とともに両輪をなす力なのである。

創造力と想像力は表裏一体のものなのである。

普段から俳句の高みを求めて、おのが洞察力、観察力に加え、ものごとの本質を探る哲学観を養い、その表現力を磨く努力を怠らなければ、これは、他者の作品を読み解く力に当然のように発揮されてくるのである。

然るにそのことに不慣れで、おまけに教条主義的俳句の日常によって本来持っていたその能力を奪われ、読み解く力をも失うか、あるいは育ってこなかったは別として、いささかその能力の劣っていると目される作家たちは一様に難しいと口にするのもここに於いて頷けるであろう。

その能力が劣っていると指摘し、そのように断定することは、もしかしたら言い過ぎかも知れない。その点に関しては平にご容赦されたい。

ここでは、行き過ぎた教条主義の弊害について論述してきた。

しかし、そうはいってみたものの筆者は教条主義そのものを全否定するものではない。

それを信条とするか教条主義とするか、いずれにしても、日本の文化は一面から見れば、どちらにしろ信条か教条主義により守られ、それを受け継ぐ人材という器があってこそ守られてきたのである。

伝統に固執し、その伝統に拘泥して改めるところが少なければ教条主義になるのであって信条そのものは否定されるべきではないであろう。

信念をどこまでも貫き通すという意味での信条というものは最も尊いものであり、その信条を受け継ぎ、綿々とその命脈を守り、次の代に継承していくことで死守されてきた文化は多数ある。

先ほど挙げた、茶道・華道・舞踊のほかにも能や狂言などの世界がこれに当て嵌まる。

そして、その根幹は、多くは「家元制度」と「世襲制」によって支えられてきてきたことは広く斯界に知られている。

ここに於いて、俳句界の「家元化現象」について話を戻そうと思う。

箴　言（九）

（虚子の季題説は）俳句を初心者に分かりやすく解くという指導者の啓蒙的要請もあっただろう。しかし、この方法は、リアリズム本来の持つ自然把握の仕方とは相矛盾するものであった。なぜなら、季題と規定された言葉は、それまでいくたびも俳句の言葉として用いられ、長い歳月によって美意識や情趣が蓄えられた言葉の世界であるからだ。（中略）その言葉をあらかじめテーマとして意識することは、その言葉の美意識や情趣が、表現以前に作者の感性そのものに既成認識のフィルターをかけてしまう危険性を併せ持っていたからである。いかに写生的手法によろうが、自然に対する見方に一つの先入観を与えてしまう危険は避けられなかった。そのことが、季題の力に頼るだけの概念的かつ没個性的な俳句が量産される、もう一つの傾向を生むことにもつながったのだった。

高野ムツオ著「語り継ぐいのちの俳句」Ｐ７９〜８０

第八章

俳句結社の家元化現象への傾斜

飯田龍太が、俳壇の現状を憂い、嘆き、みずから主宰する「雲母」を終刊にした真意は何だったのであろうか。筆者は俳句結社の「家元化」の現象を、その時点ではっきりと自覚するものの口にはしないまま、心中深く憂慮していたのではないかと推量するのである。

そして、その「家元化」への傾向はその当事者でさえ気付かないうちに進行していると筆者はみているのである。

俳句総合誌「俳句」令和4年7月号の追悼「稲畑汀子」特別座談会—虚子曾孫が語る花鳥諷詠（星野高士・稲畑廣太郎・坊城俊樹）と銘うっている記事が載っている。その座談会の司会者を筑紫磐井がつとめているが、妙に曾孫三人の主宰者に迎合するというか阿るというか、いつもの調子は影をひそめて進行役をつとめていることが何とも不思議な雰囲気な座談会であると筆者は感じたのである。

その中で、伝統あるいは花鳥諷詠に関して微妙な発言があったので抜粋して記録してみた。それはその根幹に関わることなのである。

稲畑廣太郎発言（本当に、最後に、なんで裸の王様になったかなと）坊城俊樹発言（それを弟子がみんな真似るから、陳腐になっていくわけであって）稲畑発言（その弟子筋が「こういう言葉を使うと汀子選に入りやすい」って）坊城発言（だから、採るほうが悪い）稲畑発言（だから「伝統」と言ってしまうと教養になってしまうのかな）坊城発言（協会に入ったとき、「伝統」という言葉を聞いて、すごくいやだった。気持ち悪い言葉だなと思った。俳句ってそもそも伝統的だろ。つまり「伝統伝統俳句」じゃないか。なんでこんなに気持ち悪いんだろう。宗教だもの。）坊城発言（句ができるようになるかもしれないが、それだけの、コロニーの中の俳句になっちゃった。というのが、その後のわれわれの反省点です）坊城発言（協会という組織が理解できなかった。いまだにそうです。花鳥諷詠協会のくせに（中略）句が花鳥諷詠じゃないわけだ。稲畑汀子節のオンパレードで、入った途端、「うそじゃん」と思った。（中略）インチキ協会だと思いました。）星野発言（私はもともと「花鳥諷詠」を標記としてはいいのですが、信じきってないんです。）

以上がその個々の発言の抜粋である。ただ文脈にも、座談会の進行状況に照らしても、ただちにこれだけを拾い出して鵜呑みにすることはできないことは勿論である。ここでは余計な筆者の言葉は付け加えず、ただここに披露しておくだけにする。あとは、この論文の中の折節に照らして読者に自由に判断していただくことにするものである。

第九章

弟子または門弟への対応

ただ、この座談会の中で「弟子」という言葉が出てくるので、その弟子について「雲母の終刊について」の中で飯田龍太は次のように述べている。「蛇笏の場合はともかく、私の場合は、誌友の新旧にかかわりなく弟子とか門弟などという考えをもったことはありません。一度としてそのような言葉は口にした覚えもありません」と言いきっているのである。ここにはっきりと、ホトトギスとその系統の主宰者との違いが浮き彫りになるのであり、それがまた、ここにいうところの「結社の家元化現象」ともつながっていくことになるのである。

結社の運営、これを経済的な意味を付加すれば経営ということになるのであろうが、そのことがその結社の存続の鍵となる切実な問題であることはどこの結社でも同じ事情であろう。

そのとき、結社の会員を弟子または門弟とみるかみないかは大きな違いがある。弟子または門弟という意識をもって結社の会員をみるとき何故かしら「縛り」のような印象を持つのは筆者のみであろうか、否そうではあるまい。

ともかく、俳句結社の家元化は深く静かにひっそりとその肝心の当事者の近くでさえ、況してやその結社の構成員たる同人や会員たちでさえ、それと気付くことなく、湾深く潜入する潜水艦のように俳句界の本丸に迫るように進行していると筆者はみているのである。

しかし、その結社が経営的にも生き残るためには会員を弟子または門弟として一定の金銭的な基盤として縛りをつけ、将来に向かって生き残るための一方策として、結社主宰者の家元化を図り、その重しとして「伝統」ということを態々標榜して、しかもその結社を世襲化することにより、門弟と主宰者の師弟の格差を厳然と俳句作家たちに見せつけることで、その権威を結社内外にはっきりと示すことを以て結社主宰者の家元化を完成させようと企図するものであり、そのことを知らず知らずうちに俳壇全般に深く静かに浸透させ、やがて、これが顕在化したときには、すでに俳句は形骸化して、俳句は単なる習い事やリタイヤ後の認知症予防の道具としていくに過ぎない地位に落ち込ませていくことになりかねないのである。

そのことによって俳句という表現形態は大いに活性を失い、俳句の文学的価値観はやがて崩壊の危機に向かうであろうことは、筆者でなくても容易に予測できるのである。

箴　言（十）

せめて他人の作品に関する限り、有名無名にかかわらず、存分の敬意をもって接する誇りだけは持ちたい。（無名の自負）

飯田龍太全集第７巻俳論・俳話Ⅰ　Ｐ８４

―角川学芸出版（２００５年６月３０日）発行―

第十章

家元化への根拠とその道程

第十章

では、「家元化」を分かりやすくするためにもう一度その根拠を辿ってみよう。

先ず、俳句が「座」の文芸であることから出発してみよう。これは「座」の文芸の「座」を骨抜きにすることから始まる。それは、「座」の文芸を、一つの目的のための同じ座にある集団的行動体として位置づけ、その家元化への目的を巧妙に隠して結社の行動要素に取り込み、その結社の世襲化を図るために近親者の後継者を結社内に自然に置くように仕向け、穿った見方かもしれないが、その後継者の投句をつねにその成績の上位者につけ、（文系の系統を引くので当然その能力ははじめから備わっている）外部から入会した会員にして秀れた才能を持つものよりも好成績に自然にもっていくことで後継者であることをいつしか結社内外に浸透させせ、また、それだけに伝統から逸脱することなく、その結社のいままでの方針をほぼ継承していくことで世襲への踏襲化を図っていくのである。

そうすることの副作用として、才能のある者でさえ、そこに在籍することで自然に進取の気風は停滞し、おまけに「座」の文芸である座も重んじて、また、師系を大切にすべきことを、その結社の構成者の脳裡に深く刻み込ませ、その結社からの落脱者を極力防止して、こんどは、結社の経営上の基盤である会費納入が滞りなく進むために、結社の会員たちに対し「弟子」または「門弟」の呼称をふだんから使用することで、会員たちにその立場を意識づけ、結社の「家元」的要素をいつしか結社内に浸透させ、さらにそれを意識的にも決定的に植えつけるため、結社の世襲化をはっきりと内外に示すことで結社の経営を盤石にしていくように仕向けて、結社の「家元」としての主宰者の君臨を完成させる。

以上が、その根拠であり、家元化完成までの道筋なのである。

そして、結社の家元化を完成させたあとは結社の主宰者としての地位は将来的にも安定したものとすること、すなわち世襲化を将来に亘って踏襲化することを決定付けることができることになるのである。

この手法は、座の文芸である俳句を逆手にとり、その長所を人質にとり、そのあげく、結社内の俳句愛好家（敢えてここでは作家という言葉は使わない）を人質にとる手法である。そして、俳壇の内外に結社の安泰をアピールしていくことで、あたかも俳句界の発展に寄与しているかのように印象付け、その系列結社にもその影響力を及ぼし、圧倒的多数の芸ごとの作家を家元制の名のもとに結社に取り込み、末永く結社が発展していくことをもくろんでいくことになるのである。

第 十 章

第十一章

俳句の主権者は投句者とする考え方
―選者との選句から生ずる確執と葛藤―

第十一章

結社の主宰者とは、まさに俳句の指導者である。

結社が誕生するには様々の要因がある。これを歴史的に俯瞰してみると、近代以後から辿って、先ず最初に日本に誕生した結社の代表格が「ホトトギス」であることに異論はなかろう。もちろん、それ以前もそれ以後も、種々の俳句の集団はあったであろう。そうした集団を、俳句結社として認知することについてはここでは便宜的に除外して考える。何故ならば、結社を論ずる上から交通整理が必要であるからである。これはあくまでも整理して考えたほうが分かり易くなる。

結社論からみれば、近代俳句から現代俳句への流れに絞ってその成立の過程を語ったほうがよい。

そのホトトギスを近、現代俳句の結社の源流としてみていこう。

虚子によって育成された秀れた俳句作家たちが、やがて各々の俳句観が醸成されるにつれ、それぞれの主張に種々の違いが出てくると次々に独立して結社が枝岐れしていくことになる。

その要因は主として俳句に対する考え方の違い、つまり主義主張の違いもあろうが、様々の要素が絡みあうのは人間社会の辿る当然避けて通れない道筋であろう。そこには主義主張だけでは計り難い人間関係、利害関係など、ここでは挙げきれないだけの条件が重なってきた筈である。しかし、そのことはこの論説の本流ではないので一先ず除外しておこう。

ここでは、その結社の誕生から分派していく過程だけを追うことにしたい。その上で主義主張でさえ一先ず扨措くことにしたい。ここでは俳論というよりも、その過程が大事であるということになるからである。

ホトトギスから分派した結社でもやがてその結社の代表作家が育成され、また分派して、結社の数はネズミ算式に増加して、現代俳句における結社数は現在その数およそ600結社に迫るいきおいである。

その中に主宰者をおかないで代表者を立てている同人誌もあるが、この際、同人誌はその同人誌の構成者の俳句に対して選句はしないものと仮定して一応除外しておこう。

結社では、主宰者は同人、会員の区別なくその結社の俳句作家たちの俳句を選句して結社誌に掲載している。もちろん、同人でも一部の幹部同人の俳句は選句されない結社もあるであろう。

いずれにしても結社は「選句する立場」と「選句される立場」に分かれて構成されている。選句する立場がいうまでもなく、その結社の「主宰者」、選句される立場を「会員」としよう。

会員は、数ある俳句結社の中から、誘われて、あるいは自分から選んでと動機はさまざまであろうが会員となってその結社に所属することになる。

そして、主宰者である選者から俳句を選句されることになる。

そして、その中に於いて優秀なものが、ある年数を経て同人に推挙され、ある者は俳壇にて活躍する有名作家になっていく過程を辿る。もちろん素養的にも当然優劣はあるので会員であるからといっても全員がその道を辿れるとは限らない。

ただ、会員たちの目的が有名になることだけを目標にしているとは限らない。あくまでも有名作家になったことはその結果であって、最初からそんなことを考えて結社に入った者のほうが少ないのかも知れない。

要するに会員は、選者に自己の作品がどのように評価されるか知りたいだけなのであろう。

毎月投句し毎月選句されその結果が結社誌に掲載される喜びがあってこそ俳句は上達していくことになる。

そしてその俳句が上達していくにつれ、作家として成長することでおのが俳句の視野が拡大して、俳句の広い裾野を眺めるようになると、その俳句作家の一部は、自分の俳句に対して果たして正当な「評価」が与えられているかに疑問を持つようになるのである。

ここに於いて真の俳句作家誕生の萌芽が生じてくる。

これは何も悪いことではない。その俳句作家たちは、俳句とは何ぞやと考えてきているからなのである。すなわち作家魂が芽生えるというか、俳句にめざめるというか、いずれにしてもこれは、その作家にとっても俳句にとってもよいことなのである。

その結果、主宰者の選句にあきたりない思いをいだくかあるいは疑問を感じる者もいれば、感じない者もでてくるであろう。

そのうちにその選句に疑問を持ったか、または作家として新天地を求めたくなった者の一部はその結社を出て、あるいは籍はそのままおくかして、他に自分の俳句を正当に評価してくれそうな感性を具えた結社の主宰者すなわち選者を求めて、俳句行脚をはじめる者が出てくる。

その結果によってはどこでもいい結果が得られなければそこで挫折してしまうか、あるいは結社を渡り歩き俳句界の放浪者になっていく者もいる。

第十一章

その昔、加藤楸邨の創刊した「寒雷」に於いて、主宰者、楸邨の選句をめぐって確執が発生したことを仄聞したことがある。

当時、寒雷に所属していた若手にして気鋭の作家たちであった金子兜太や安東次男たちが、楸邨の選句に問題を呈し、その不満を口にして詰め寄ったことがあったそうである。

楸邨は、門弟たちともよく論じたとされるので、そのような気風が結社内に満ち満ちていたがために起こったことであろう。

『「寒雷」では、投句欄「寒雷集」の選は厳しかったが、一度同人に推挙すると、各自に作家として責任を持たせ自由に活動させた。「寒雷」から人材が輩出したのは、この楸邨の指導法の成果である。〈俳文学大辞典＝普及版＝角川学芸出版Ｐ１９１〉』との記述がある。

俳句というものは、選句者（指導者）も投句者も、ともに俳句に於いての主権者であるといえば過言であろうか。否、ある意味に於いて選者であろうと投句者であろうと本来は平等なる俳句における主権者なのである。投句者は選者に徒らに盲従してはならないのである。

その意味とは俳句は本来的に「座」の文芸であるということなのである。

俳句会では、身分差も年齢差も俳句歴の長さもなく職業差もなく、選者も含め皆が投句者であり皆が選句者であることが一般的に知られている。ただそこにあるのはその俳句の優劣が吟味されるだけである。

そうであるから、選者としても、その全力を尽くした俳句を出句しなければ、指導者としての資質を問われかねず、その評価次第でその俳句会の中でもその立場が揺らぐことになりかねないのである。

しかし、その平等の考え方だけでは俳句の世界は成り立たない。

平等といっても、初心者と熟練者が俳句の上では同じ立場とはいわない。

初心者には、俳句の根本的な基礎知識や表現法や物の見方などを身を以て教える立場の指導者が必要なことは自明の理である。

こうして、結社が生まれ、指導者たる主宰者がその任に就くことになる。

そして、その結果誕生した結社に、少なくとも、その時点で主宰者の理念に共鳴した投句者すなわち会員が集まってきて、選者である主宰者に自己の俳句の評価すなわち選句を委ね、その評価基準を投句者が認知することによって結社は維持存続できることになるのである。

また、投句者は、選者の選による評価の成績を他の投句者と競うことでもその実力を培うことができるのである。

結社内では、主宰者も、同人たちも、会員たちも切磋琢磨につとめ、お互いを高めあうことを目的にその結束を維持することが必要なのである。

先に選者も投句者も、ともに俳句の「座」という考え方からすれば、どちらも俳句の主権者であるといった。つまり選句するということは、その一方の主権者たる会員たちとの主権をめぐる闘いでもあるのである。

そのため、主権者である投句者は、その結社の主宰者の、自分の俳句に対する選句眼に疑問が生じれば、他の評価基準を求めて、他の結社を求めていく自由がある。

ただ、長くその結社に籍を置けば、いろいろの意味での愛着心も当然でてくるであろう。

それにも況してその結社での立場もおのずから強化され、その地位も確固たるものになるであろうことは充分に推論できる。

またその愛着心で、とても他の結社に移るなど考えられない者もあるであろうし、いまさらという者もあるだろう。あるいはその結社で一定の評価が定まっていることから、その環境に身を置くことが気楽という、いわばいわゆる、ぬるま湯に浸っていく者もあるだろう。

しかし、俳句に「志」のある者は、その「志」を以て、選者の選に挑むことになる。これが、結社存立の最も要請される大切な文学的価値観なのである。

つまり、選者も投句者も俳句の作品の前では、妥協することなく、選者は選者でその持てるところの文学的価値観に基く「評価基準」を以て選句は厳しくすべきであり、投句者はその評価基準という俳句の「物差」を信じて投句するのであるから、その採否は積極的に選者に委ねるべきものである。

ただ、その過程は先述のとおり、俳句は選者と投句者の作品をめぐる闘いでもあることを忘れてはならないのである。

もちろん、下にあるものは上位にある者への敬意を払うべきことは、社会の道義的ルールであるから、結社においても、そのルールは守られるべきことは当然であり、何も彼も社会的に平等という訳にはいかない。

また、筆者は、こうも考える。

俳句は一部の例外を除けばその殆どが「結社制度」に支

えられている。

その関係性は、師（選ぶ側）と資（選ばれる側）の師資関係つまり、師弟関係の二者合一があってはじめて成り立っているのである。

そして、その関係性は、俳句作品とは選者と作者の価値観の共有によってその生命が与えられるのである。

また、これを更に一歩推し進めるならば、俳句作品とは選者と作者の共同作品であるといえる。俳句作品は選者あるいは秀れた評者の「選評」によって見い出され、広く世に紹介されることが通例である。

秀れた読み手によって読み解かれた作品は、作者の手もとを離れてからも、その選評が加わることで更に成長するのであるが、そのきっかけを作る最初の選句を司る者が選者であり、そこで見い出されなかった作品は殆ど世の中から消えるか、忘れ去られてしまう。故に筆者は、俳句は、選者と作者の「共同作品」であるというのである。かの虚子が、「選は創作なり」といったことはよく知られている。この「共同作品」とする考え方も根本においては同じことをいっているに過ぎない。

しかし、以上のような分析を経てもなおかつ、選者といえどもまた俳句の社会では一作家でもあるのである。当然、一作家として、結社という集団を率いていくためには、一作家として広くは俳壇という場に於いて、狭義では、自己の主宰する結社内においても作品自体を競っていかなければならないのである。

その一作家としての努力精進はどこまでも怠ることのできない不可欠の要素なのである。

主宰者がその結社の君臨者であることは、その作品を以て集団を率い、その作品の実力をもって結社に範を垂れてこそ、会員投句者の信任を得られて会員投句者に選を任されているのだという自覚を強く持つべきものなのである。

それがあってこそ、各結社の存在意義があり、また結社同士も、そのことを踏まえて、切磋琢磨していくことでこそ、俳句の将来への発展の展望にも明るい光がさしてくることになるのであるといえよう。

主宰者がその結社の君臨者であっても一向に差し支えない。

その君臨者が、俳句の作家としての実力を以て、その「選句」の秀れた評価基準の信頼性を以て結社に君臨するならば、それは、俳句にとっても喜ぶべき事態であることはいまさら言うまでもないことである。

なお、このような「論評」は、現代に於ける各結社、各主宰者への批判でないことは是非ここに触れておきたい。

そして、この論述は既存の俳句結社への徒らなる適用を考慮したものではなく、あくまでも一典型として、結社の在り方を模索して示したものであることに過ぎないものであることは、是非、弁明としてここに付け加えておきたい。

この論評は現在ある各結社、各主宰者を敵視して為されたものでは決してないのである。

箴　言（十一）

俳句は、本来、名を求める文芸様式ではないのだ。作品が愛誦されたら、もう作者は誰でもいい。ただ、そのような句に近づくには、私のささやかな経験では、まず名を求めて懸命に努め、いつかその目的と結果を忘れ去った時、生まれるような気がする。（詩は無名がいい）

飯田龍太全集第７巻俳論・俳話Ⅰ　Ｐ１０６

箴　言（十二）

言葉は現実の時間事象を蓄えたまま、さらにそこを突き抜けた時、初めて詩の言葉となる。（高野ムツオ）

「件」第３７号Ｐ２４

箴　言（十三）

今の俳句結社は、俳句を通じた親睦団体に近いものがある。俳句には本来そういう性格があって命が続いてきた一面もあるから、そのことについては否定も肯定もしない。特に戦前は戦国時代みたいなもので、仲良しクラブではなかった。下克上の時代だった。

「龍太語る」Ｐ１０７

―山梨日日新聞社刊（平成２１年２月２５日）―

第十二章

俳句の物差の違いと多様性との関係

現代俳句には様々な主義主張を反映したいろいろの俳句が存在する。

ここでは、無季俳句、口語俳句のことは一先ず扨措いて、虚子一人が選者であったような時代はもうそこにはないのであるから、俳句の評価の物差は、十人十色であって、例えば、大きな俳句大会であっても、少人数の句会であっても、一つの作品へ高評価が集中することは余り無い。

小さな句会であれば、最後に指導者の選者の特選作品が発表されれば、様々の評価はそこに収斂されることで、その句会での作品の評価は一応の結着をみる。然るに大きな俳句大会の場合は、それぞれの選者の推す高評価の「特選」の作品は、その評価が分かれ、その選が重なることのほうが希れである。

これは、短い俳句だけに顕著に起こる現象である。

選者それぞれの持っている俳句評価の物差が違うのであるから当然その選も分かれてくるのである。

これでは、俳句の評価としては困ったことでもあろう。

名句が、その評価の中に埋没してしまい、名句といわれる俳句は、これからの世では定着し難くなるであろう。

しかし、これを一方からみれば、それだけ俳句の裾野が広がっているからこその現象ともみることができるのである。

評価の物差は沢山あったほうが、様々の俳句が存在できることになるからである。

これがまた俳句の普及化にもつながるのであれば、その物差の違いをあまり責めることはできないであろう。

しかし、俳句が普及して大衆化するだけで果たしてよいのであろうか。

第十二章

ここで、敢えて俳句から離れて考えてみようと思う。

世の中は、様々の職種があることで成り立っている。それぞれの立場に人は立つことになる。それによって格差が生じることも事実である。

これを別の見方からすれば、それが格差といわれようが、様々の人々がいることで世の中は成り立つのである。

これを最も極端に単純化してみせれば、例えば、国家には国家を統制、統治する大統領職もあれば、これとは全く正反対に、社会の底辺を支える、これも例えば、ビルの清掃係の人たちもいるのである。これはその人たちを差別化してみているのではない。ただ便宜的に分けてみただけのことである。

このように単純化してみればもうお分かりになるであろう。

大統領が沢山いれば国は成り立つどころか分裂してしまうのではないか、これはビルの清掃係でも同じである。ビルの清掃係の人たちだけでも国家は成り立たない。

なお、筆者は社会の底辺を構成しているそれらの人々を決して軽視しているのではないのである。

だからこそ、大統領職とビルの清掃係を同じ俎上に載せたのであり、底辺といったからといっても、その人々を社会の構成要因として大切であるからこそ、大統領職と比較してみせたのである。これは職業上の貴賤を論じる場合ではない。

要するに世の中は、人々がそれぞれの立場で国を支えていることで国家として成り立っていくことができるのである。

また、国土にも同じことがいえる。高い山があり、低い

第十二章

山があり、谷があり、川があり、田畑があり、それぞれ違ったもので成り立っている。

人体とて同じことであり、足があり、手があり、様々の機能を併せ持って人体は成り立っている。

このように、それぞれの立場と別々の機能を持つことでこの世界は成り立っている。

これが宇宙的な真理なのである。また摂理なのである。

俳句とて、様々の流派があっていいし、多くの結社があってもいいのである。

これを無理に統一して虚子の時代のホトトギスに戻すことなど出来る訳がないのである。

生物にも多様性がある。人間もいれば、動物、魚類もいれば、植物もある。それらが複雑に絡み合ってこの世界は成り立っている。

一番秀れているとされる人間でさえ、他のものに依存して生存しているのである。あの忌み嫌われる毒蛇でさえ、医学の発達によって人間の治療に役立ってくることになりつつあるようである。

俳句でも、いろいろの結社もあれば、その頂点に立つ主宰者もいれば、その結社を支える同人もいれば、その結社を底辺から支える最も大きな人数の会員もいればといろいろの立場があって結社も成り立っている。

ここに於いていささか性急にして、かなり乱暴なたとえであるといわれても返す言葉はない。

しかし、ここで最も強調したかったことは立場、持ち場は違っていてもこの世界は補い合って支え合い、お互いを認め合っていくことで、円滑なる世の中が、殆ど例外なく成り立っているということなのである。

選者の選が割れても「特選」は特選である。ただ自分だけが正しいのは現代俳句ではあり得ないのである。

いちばん悪いのは、おのれのみ正しいと思い込む独善的な態度である。

自己の主張は主張として大切にし乍らも、他のジャンルからも学ぶ姿勢があったほうが俳句にとっては幸福なのである。

そうした考えで、先述のような大きな大会での特選句のことを語れば、一応自分としてはこの作品を特選句に採ったが、他の選者の特選の「選評」の結果、自己の内心では、その作品のほうが特選に適しいと思ってみることも、その選者の俳句観を損なうものでなく、却ってその選者の作家としての素養を豊かにすることになるのではないだろうか。

俳句の場合、誰しもが、句会での選句のとき見落としをしてきた経験がたびたびあるのではないだろうか。それが俳句というものである。いくら気を付けていても沢山の俳句の中から、これを見分ける選句ほど難しいものはないのかも知れない。

大切なことは、お互いの立場は違っていても、我のみ正しいとする教条主義をとらず、互いを認め合えば、その中から、おのずから名句も生まれくる余地は大きくなるであろうということなのである。

箴　言（十四）

俳句は、自然との共生を大事にする日本人ならではの文芸であるとか、俳句には森羅万象に神が宿るとする日本的アニミズムの思想が込められているとか、これまでもよく言及されてきた。（中略）ただ、それが俳句形式という文芸の特権であるとか、守るべき堡塁であるといった硬直的な考え方に終始してはならない。（中略）俳句もまた、自然の運行にただ従うだけでは、時代を捉え、その時々の人間を表現する文芸としてこの先も生き続けるとは思えない。俳句が本当の意味で自然とともに在り続けるためには、俳句も俳人も未来を見据えた世界観、自然観を模索していかなければならない。

高野ムツオ著「語り継ぐいのちの俳句」Ｐ９２

箴　言（十五）

俳句を読んで、われわれがこの作品をすぐれていると感じるとき、その作品には詩趣と品格があると考えられる。詩趣とは詩としての味わい・情趣をいい、品格とは作品としての格調の高さをいう。（詩趣とは、品格とは）

鷹羽狩行読本（別冊俳句）Ｐ２５４

―角川書店平成１０年１１月１０日刊―

結語

以上、さまざまの見方から結社論を述べてきたことによって、曲がりなりにもその見識を少しは深め得たことと思う。

しかし、まだまだ論ずべき視点に欠けるところも数多くあるだろう。

浅学菲才の身である筆者には、忸怩たる思いの重くのしかかる憾みを禁じ得ない。

出る杭は打たれるという。しかし、出ない杭はそのまま腐るという名言も聞いたことがる。

この論述によって、おおかたからのご叱責も覚悟しなければならない。

そのときは、謙虚にそのご叱責に耳を傾けることで次なるおのれへの糧としたい。

ただ、この論述の過程の途次、途次で得た収穫も大きかったのである。

おのれの思考回路を巡らせたことで、新たな知見を得ることもできたことは自負できるのである。

そして、本文の中ではあまり深くは触れなかったことであるが、新たなる発見もあった。

第八章において、角川「俳句」2022年7月号「追悼、稲畑汀子」特別座談会―虚子曾孫が語る花鳥諷詠―の会話を、本文の中に一部掲載したのであるが、虚子の曾孫三人の世襲主宰者の発言に注目してみるとき、俳壇に明るい曙光のさす思いがしたのである。

三人の虚子系統の血縁者である各結社の世襲の主宰者が、決して、伝統だけにしがみついていることのなかったことである。

伝統派の代表的な存在であり乍ら、決して守旧派ではなく、伝統一辺倒であるような発言に終始することはなかったのである。

その一部をまたここで再度抜粋して示してみることにしたい。

「伝統、伝統と言われると気持ち悪かった。悪い言葉と思った」「なんでこんなに気持ち悪いんだろう。だって宗教だもの」「私は、花鳥諷詠を標語としてはいいのですが、信じきっていないんですよ」「協会という組織が理解できなかった。いまだにそうです。花鳥諷詠協会のくせに、句が花鳥諷詠じゃないわけだ。コピーのオンパレードで、入った途端ウソじゃんと思った。インチキな協会だなと思いましたよ」「句ができるようになるかもしれないが、それだけの、コロニーの中の俳句になっちゃった、というのが、その後のわれわれの反省点です」「本当に、最後、なんであそこまで裸の王様になったかなと」「だから、伝統と言ってしまうと教義になってしまうのかな」

——筆者註、「会話の中身は、座談会の中で前後しており、この順番ではない。しかも、身内同士の会話であるから、その気楽さから出た発言かも知れないので、全部の会話を鵜呑みにできないかも知れない。しかし、俳句という総合誌から正確に引用しているので、これらの発言の信用性は十分に担保されていると思って間違いない。——

以上、その発言を掻いつまんで羅列してみたが、必ずしも、「伝統とはいったところで、その伝統だけでは俳句の新しい展望をひらくことができないこと。伝統があまりに強調されると教義になってしまう」ということを疾（と）うの昔から知っていたことである。また、発言の趣旨としては、教条主義をはっきりと排除して否定していることも見てとれるのである。

一般的にみれば、虚子直系も直系中の、この虚子曾孫の三人の主宰者であるから、おそらく伝統俳句に凝り固まっているとの先入観でみられてきたであろう。

しかし、その伝統俳句を標榜する結社の世襲の主宰者から、このような発言があるということは、現在の状況を憂える我々からすれば、まんざらでもない。

案外、この俳句の世界の未来は、存外、明るいのかも知れない。

しかし、だからといっても、世の中は油断ならないのである。

結社の近親者による世襲制度化の問題は扨措いても、深く、人知れず、海底深く潜航し、その当事者でさえ気づかないうちに、着々と進行しつつある、結社主宰者の「家元化現象」は、それが、このまま放置されれば、間違いなく「座」の文芸である俳句の根幹を侵蝕し、将来の俳句の健全な発展への阻害要因になるかも知れない危機感は拭いきれないのである。

この結社論が、そのことへの警鐘となることを冀って、この論考の締め括りとしたい。

最後に俳句界の先蹤としてつねにその言論を以て後進を導いてこられた諸先生のご著書から、特にご示唆に富むお言葉を「箴言」として引用、掲載をさせていただいた。

本来ならば事前にお問い合せをして、その掲載へのご諒解を戴くべきところではありますが、この場をお借りして、そのご了承を賜ることができれば、まことに幸甚のことと存じます。

右伏してお願い申し上げる次第です。

結 語

あとがき

あとがき

本稿を上梓するに当たりましては、現代俳句協会副会長にして「小熊座」ご主宰 高野ムツオ先生には、事前にこの「結社論」の草稿をお示し、拙稿にそのご炯眼を通して戴くことが出来ました上に、ご貴重にして有難き「お言葉」を頂戴することが出来ました。

茲に、高野ムツオ先生に対しましては、日頃よりのご指導、ご鞭撻の上に、更なるご指導を仰ぐことになり、この場に於いてその師恩に対しまして深甚なる報恩の思いと深い敬意の念を捧げさせて戴く次第でございます。

また、印刷をご担当下さった、さくら市 株式会社ダイサン営業部長 近部伸一氏には、著者の意向を十分にお汲み上げいただきまして、その完成にご尽力いただきました。

更に、この論稿の上梓に際して、先に発刊した第二句集「HIGH・QUALITY」に引き続き、今般もまた株

式会社　飯塚書店　代表取締役　飯塚行男氏には一方ならぬご助力とご尽力を賜ることが出来ました。

茲に厚く御礼を申し上げつつ、報恩の念をあらためて表明させて戴く次第です。

さらに忘れてならないことが、妻「トシ子」の存在です。常に身近にあり、筆者の作句、著述活動を裏面から支え、時にはそっと励まし乍ら、筆者の健康問題にも細やかに気を配ってくれるその姿勢には、ことばでは言い尽くせないほどの感謝の思いをまた改めてここに表明させていただくことでその労を犒いたい。

令和5年2月

著者　龍　太一　謹白

箴　言（十六）

暗闇で必死に鳴く虫は、みちのくに生きる私たちの姿なのです。一匹一匹は小さくて、その声もかすかです。でも、小さな生きる力が一つの塊となる時、闇に鳴くたくさんの虫のように実に豊かな、かけがえのない力になります。

高野ムツオ著「語り継ぐいのちの俳句」Ｐ１３８

著者略歴

龍　太一（りゅう　たいち）

1943年（昭和18年）　栃木県上都賀郡永野村上永野（現鹿沼市上永野）生まれ。

1963年（昭和38年）　俳句を始める（19才）「獺祭」（主宰 細木芒角星）入会。

1973年（昭和48年）　飯田龍太に心酔して「雲母」入会。ほどなく龍太選「作品集」において投句者 4 千名以上と覚しき中で、巻頭次席を得るも、家庭生活優先のため止むを得ず俳句を離れる。

1998年（平成10年）　漸く条件が整い俳句復帰。無所属にて、NHK全国俳句大会投句開始。以来、大会史上最多特選新記録7回授賞。（うち大会大賞1回）大会史上初の 3 年連続特選の新記録。大会史上初の 2 年連続複数句特選の新記録。

2015年（平成27年）　「郭公」（主宰 井上康明）入会、雲母系結社への復帰を果たす。

2021年（令和3年）　「小熊座」（主宰 高野ムツオ）入会（1月）

2022年（令和4年）　「小熊座」同人（1月）

第1句集　2018年（平成30年）「セントエルモの火」上梓。序文　井上康明（飯塚書店刊）。
第2句集　2021年（令和3年）「HIGH・QUALITY」上梓。
序文　高野ムツオ
帯文　井上康明
栞　津高里永子（飯塚書店刊）。

現　在　「小熊座」同人。同人誌「墨BOKUの会」創刊同人。

「郭公」詩友（会員）。

俳人協会終身会員。

現代俳句協会会員。

栃木県俳句作家協会会員。

現住所　〒329-1577
栃木県矢板市玉田193-1
TEL　0287-48-2674（FAX共）
携帯電話　090-3003-7317

結社論
── 特に俳句結社の「世襲問題」と
「家元化現象」に対する考証 ──

令和5年（2023年）2月25日初版第1刷発行

著　　者　龍　太一
装　　幀　山家　由希
発 行 者　俳句工房「俳句折亭」
〒329-1577 栃木県矢板市玉田 193-1
TEL 0287-48-2674（FAX 共）
発 売 元　株式会社 飯塚書店
〒112-0002 東京都文京区小石川 5-16-4
TEL 03-3815-3805　FAX 03-3815-3810
http://izbooks.co.jp
印刷・製本　株式会社ダイサン
〒329-1334 栃木県さくら市押上 755-1
TEL 028-682-1311　FAX 028-682-1384
https://www.daisan-print.co.jp
印刷責任者　近部　伸一

ISBN978-4-7522-8015-6　Printed in Japan
C0095　￥1200E
定価：1200円（税別）

「昇龍図」

攀龍附鳳（はんりょうふほう）

〔「漢書序伝」による。龍にすがりつき鳳凰につき従う意〕

臣下が英明な君主につき従って功績を立てることのたとえ。

「三省堂版 大辞林」